SOCIÉTÉ ROUENNAISE

DE

BIBLIOPHILES.

LE
CHEF-D'ŒUVRE POÉTIQUE

DE

ROBERT ANGOT

SIEUR DE L'EPERONIÈRE

PUBLIÉ ET ANNOTÉ

PAR

PROSPER BLANCHEMAIN

ROUEN

IMPRIMERIE DE HENRY BOISSEL

—

M.DCCC.LXXII

PRÉFACE.

Le curieux recueil dont nous donnons une reproduction minutieusement exacte est probablement unique. Il a été découvert, à ce que je crois, par M. le comte de La Ferrière Percy, a passé dans la bibliothèque de feu M. Soleil, caissier de la Banque de France, et a été acquis par un amateur bordelais, M. Henri Borde, qui, avec une obligeance gracieuse et un rare désintéressement, l'a mis à la disposition de la Société Rouennaise de Bibliophiles.

Ces poésies ne sont pas dépourvues de mérite et d'esprit ; elles offrent de plus cet intérêt d'avoir été adressées presque toutes à des personnages notables de la magistrature normande au xvii⁰ siècle. Mais leur principal attrait de curiosité consiste dans le soin que le poète satyrique et processif, Robert Angot de l'Eperonière, a pris de mesurer ses vers de façon à leur faire représenter des objets variés, tels qu'une mandoline, une croix, des œufs, etc.

Ces arrangements frivoles de syllabes, qui se nomment *vers figurés*, ont été imaginés bien avant lui. On sait que, dans l'antiquité, le poète Rhodien Simmias a fait des *ailes*, un *œuf* et une *hache ;* Dosiadas *deux autels ;* Porphyrius un *autel*, une *syrinx,* un *orgue.* On attribue encore à Théocrite une autre *syrinx.* Les vers de cette pièce décroissent de deux en deux, de façon à ce que chaque distique représente un tuyau et que l'ensemble forme l'image de l'antique instrument. Le sujet est Théocrite consacrant au dieu Pan sa flûte pastorale.

Quelques auteurs modernes ont imité ces jeux d'esprit. Salmon Maigret, dit Macrinus, a composé des *ailes* en vers latins; on en rencontre en vers français dans Melin de Sainct Gelays.

On connaît les *losanges* du chansonnier Panard, dont les vers croissent de un à six pieds et décroissent de six à un; il a donné aussi un *verre* et une *bouteille.*

On a joint au *Chef-d'Œuvre poétique* deux minces plaquettes de huit pages chacune. La première est intitulée : *Bouquets de Fleurs d'épines tirés du Jardin du Parnasse.* Les épines consistent en trois épigrammes assez innocentes, les fleurs en vers et sonnets de congratulation adressés par Angot à ses juges et à quelques autres personnes de la société de Caen. La seconde, sans titre, comprend des vers latins, des sonnets et des stances.

Prosper BLANCHEMAIN.

CHEF-D'OEVVRE POETIQVE,

OV

PREMIERE PARTIE DV

CONCERT DES MVSES

FRANÇCOISES.

Dedié à Messieurs de la Cour de Parlement
de Normandie.

Par le sieur de l'Eperoniere Angot, Aduocat
au siége Présidial de Caen

A CAEN,

Chéz Iacques Brenoufet, Et Iulian le Boulanger,
demeurans à Froide-rüe.

Auec Priuilege du Roy.
1 6 3 4.

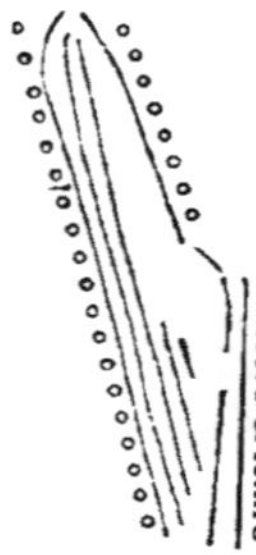

Voicy le vray LVT de MINERVE, Qui ravit fous fes doux appas, Tous ceux que la MVSE conferue De la cruauté du trepas.

Vincere & lenire

Lut qui vainquis les flots de ces affreux EVFRATES,
Où la NEF de ma caufe au gré des vents flottoit,
Ne craignons plus l'effroy de ces fubtils Pyrates,
Qui penfoient butiner l'honeur de noftre Droict:
I'efpere qu'à mon cours cefte COVR fecourable,
Qui des iuftes plaintifs eft le IVSTE recours,
Nous permettra l'accez d'vn PORT plus favorable
Pour y viure en repos, tout le tems de mes iours.

Ces rochers, ces mõs, ces defers
Où les Lous à prefet habitet,
N'oront pl9 ma voix é mes vers
Qui les Dieux mémes incitet
Afin de cercher deformais,
Dãs Caen mõ repos é ma paix
Puis qu'à prefent les MVSES
S'y font du tout RECLVSES.

commovere sedat

A MESSIEVRS DE LA COVR

DE PARLEMENT.

ASTRES *de nos souhaits, dont l'heureuse influence*
Entretient de nos jours le paisible silence,
Qui réglez souz le frein d'vn iuste contre-poids
L'vsage de nos mœurs é le cours de nos loix,
E' qui dessus le roc de vos soins ordinaires
Supportez comme Atlas le faix de nos affaires,
Puisqu'en ce temps divers le ciel vous a commis
Pour conserver l'honeur du Temple de Themis,
Pour reprimer l'orgueil, pour corriger le vice,
E' l'erreur qui paroît dans l'iniuste iniustice :
Si iamais en horreur vous eûtes tels abbus,
Si vous feîtes iamais quelqu'état de Phébus :
Par ces lieux parsemez des armes de mon Prince,
Où vous réglez l'état de cette grand' Province,
Par cette dignité qu'en ce lieu vous tenez,
Par ce rang où ie voy vos travaux destinez,
Par vos rares vertus tout partout reverées,
Par l'éclat précieux de vos robbes pourprées :

Prêtez icy l'aureille, é faites que mes vers
Puiſſent ſurgir au port de vos honeurs divers :
Prenez ma cauſe en main, puiſque de vous procede
Des griefs que i'ay ſouffers l'infaillible remede :
Ainſi d'vn ſiécle d'ans vos beaux iours ſoient remplis,
Ainſi dedans le Ciel vos vœux ſoient accomplis,
Ainſi puiſſent en bref eſquiver ces Harpyes
Qui pour ravir mon bien m'agaſſent comme Pies,
Troublent ce peu de tans qui me reſtoit icy
Pour careſſer la Muſe où gît tout mon ſoucy.
    Encor ſi tant de fois paſſant le Bat de Boüille
J'eſperois quelque fruiƌt de cette âpre gribouille,
Ie prendrois patience en ce triſte procez
Sur l'eſpoir d'en avoir quelque vtile ſuccez,
Ie me conſolerois ſous tant d'aſpres traverſes
l'endurerois du tans les iniures diverſes,
Ie ſouffrirois l'effroy du foudre é des éclairs,
Ie ſouffrirois l'horreur des plus rudes hyvers,
l'irois auſsi content aux chams. comm' en la ville,
Ie paſſerois gaiment l'enfer de Varaville,
Ie rauderois les chams é de nuiƌt é de iour,
Sur l'eſpoir des faveurs que i'atten de la Cour,
Puiſque ſainƌt Paul, parlant de celuy qu'on oppreſſe,
Dit, qui ſeme en douleur, il moiſſonne en lieſſe.
    Mais ſçachant qu'en ce faiƌt ie ſéme ſur les flots,
E' que i'y pers, ſans fruiƌt, ma peine é mon repos,
Que ie plede vn pledeur qui ne vit que d'aſtuces,
Auſſi chargé d'argent qu'vn crapaut êt de puces,

E' qui va, sous l'appât d'vn perfide souz-ris,
Son voisin carressant comme un chat la souris,
Cela me fait resoudre, en quittant la partie
D'esquiver ce procez qui n'a point de sortie,
Si ie n'échappe en bref, souz vn meilleur esquif
Ce Dedale virois, où ie me voy captif,
Poursuivy d'vn griffon, qui souz l'aveu d'vn Moine
Devore l'vsufruit de mon cher Patrimoine,
Rend ma terre deserte, é la chancre si bien
Qu'il ne se treuve aucun qui la vueille pour rien.
  Bref, ce ne sont qu'horreurs d'excessiues attaintes,
Qu'exploits, qu'aiournemens, qu'amendes é contraintes,
Secondé d'vn Prevôt aussi iuste que luy
Pour mieux facilement ravir le bien d'autrui :
Non, il n'est point Preuôt, c'êt vn oyseau de proye,
Aussy sobre au butin qu'vn Renard sur vne Oye,
Oyseau? non, c'êt vn Loup sur vn simple troppeau
Qui n'a plus à present que les os é la peau :
Non, ie me trompe encor, c'êt vn âpre Sang-suë,
Qui pour nous affliger des Enfers fut conçeuë,
Ou s'il n'êt composé de ces trois animaux,
C'êt vn diable incarné sur tous genres de maux,
Qui sans foy, sans respect, sans aveu, sans prudence
Accorde sa vielle au gré de sa cadence :
Les chiens hurlent aprez, é font sous leurs abbois,
Retentir les valons, les rives, é les bois :
La Lune en cette horreur de travers le regarde,
E' va cachant d'effroy sa lumiere blafarde,

                                                   B

Les femmes, les enfans, les voisins desolez
Pleurent aprez leurs biens iniustement pillez,
Les Corneilles, les Iaïs, les Corbeaux é les Pies,
Poursuivent à l'envi ces infames harpyes :
Bref, malgré la nature on voyoit les Hibous
Pour se ioindre avec eux, abandonner leurs trous :
I'ay beau pleder, crier, beau me plaindre é m'inscrire,
Opposer, appeler, débattre é contredire,
Beau recuser le Iuge, é demander renvoy
Pardeuant mon Prœteur, Iuge de mon pourvoy :
Tout cela n'y fait rien, c'êt en vain que ie pense
Evcquer autre part le fort de mon instance,
Il retient mon procez en dépit de mes dents,
E' de mon contredit me condamne aux dépens,
Bien qu'il deût pour l'honeur de trois appeaux notables
R'envoyer à la Cour nos causes decordables,
Où vous me conoîtrez, Messieurs, comme i'ay dit,
Par trois fois appelant, par trois fois écondit.

 Mais pour n'abbuzer pas de vôtre patience,
Ie reserve le reste à la proche audience,
Où i'espere si bien éclarcir tant de maux
Que vous aurez égard à mes iustes appeaux.

 C'êt là qu'heureusement nos destins se terminent,
E' qu'en leur iuste droit les plus iustes cheminent
C'êt là, que selon Dieu, nos décords font reglez,
E' qu'on va foulageant les mineurs desolez,
C'êt là, que Dieu préside, é que sa main reléve
D'angoisse l'orfelin, d'oppression la vesve,

E' que malgré l'effort de tant de flots bouffis,
Dieu feconde le foin de ces braves Typhis,
Qui faulfant de ces vens la fureur coniurée,
Font furgir nos vaiffeaux dans le Temple d'Aftrée.
　Dieus! quel contentement d'y voir ces grands Cujas
Ces Neftors raviffans, ces ieunes Aduocats
Ravir de iour en iour ce politique Empire
Sous les charmans appas de leur docte bien-dire,
Soit, que l'vn fonde vn fait fur l'Edit de nos Rois,
Soit, que l'autre s'attache aux maximes des Loix,
Soit qu'il bláme en plaidant vn Tyran execrable,
Qui frappe, opprime é force vn vaffal miferable,
Soit qu'il figure aux yeux de ce grand Parlement
D'vn chancreux vfurier l'infernàl volement,
Ou que d'vn Iuge iniufte il plaide l'iniuftice,
Ou d'vn faux chicaneur l'impudente malice,
Bref on void naître icy de fi rares effects,
Que mémes les vaincus s'y rendent fatisfaicts.

A MESDITS-SIEVRS DV

PARLEMENT.

SONET.

Senat, qui conseruez sous vos graces infuses
La Muse é ses enfans, la vefve é ses mineurs,
S'il vous a pleu iamais m'ayder de vos faveurs
Pour vaincre des Virois la chicane é les ruses.

Permettez qu'autrepart ie plede ces Méduses
Qui chancrent les conquéts de mes Predecesseurs
Qui francs de tous procez en furent possesseurs
Durant le tems des Vers é la vogue des Muses.

Si non, divins Esprits, il faut que desormais
Ie cerche ailleurs qu'icy mon salut é ma paix
Soit aux deserts d'Afrique, ou dans la Moscovie,

Où ie croy que les Lynx, les Tygres, é les Ours,
Auront plus de pitié de l'état de ma vie
Que ceux cy n'ont d'instinct pour le bien de mes iours.

SONET.

REMERCIMENT A MESDITS SIEVRS

fur la victoire d'vne caufe.

AVTRE SONET.

P Vifque par vos Arréts, i'ay gaigné la victoire
   Puifqu'en faveur des Vers i'ay vaincu mes vainqueurs :
Quels vœux voûré-je au Ciel de vos iuftes faveurs,
D'où ma Mufe entretient le flambeau de fa gloire?

  SENAT, dont les Dieux méme honorent la memoire,
Aftres dont les effects dônent vie à nos cueurs,
Puiffé-je dignement celebrer vos honeurs,
Dignes, non d'vn Sonet, mais d'vne pleine Hiftoire.

Sans vous divins Efprits, qui m'auez deffendu,
Ma Mufe êtoit détruite é tout mon bien perdu,
Sous l'avare rigueur de la Viroife pince,

Dont il vous plut caffer l'iniufte Jugement,
Lorfqu'ayant obtenu des Lettres de mon Prince,
I'évoqué mon inftance en ce grand Parlement.

C

O faincte Croix
Du Roi des Rois
Mis au fupplice
Pour notre vice;
Croix, ie te veux
Sacrer mes vœux
Et l'affeurance
De ma créance,
Puifque la Foy
Que ie te doy,
Ne fe confole
Qu'en ta parole

Si pour partir
Comme vn martir
Dix miles pertes
Que i'ay foufertes
Dans les excez
De mes procez
Dieu no⁹ corone
De la Couronne
Des bien heureux
J'efpere aux cieux
Trouver la gloire
De ma victoire.

Nom de IESVS
Que i'ay reclus
Dans ma penfée
Vers toy dreffée
Fay qu'à iamais
Ie viue en paix,
Loin du Vulgaire
Pour te complaire
Lorſq ma voix
Parmy les bois,
Bruit tes loüanges
Dignes des Anges.

✝
IHS

Puifqu'il te plut
Pour mon falut
Pēdre à cét arbre,
O cueur de marbre
Qui n'eft touché
De fon peché,
Puifque tō crime
L'a fait victime
Sur les AVTELS,
Des Iuifs cruels
Où ce PILATE,
Come vn Pyrate
T'expofe à tort
Sur vne mort
La plus feuere
Que le Caluaire
Trouva iamais
Pour les forfaits.
Vierge infinie
Du ciel benie,
Guide ma voix,
Fai que la Croix
Soit le REFVGE,
Qui vers mō Iuge
Et mon Sauveur
Guide mō cueur.

Pectoris ipfa mei Crux eft fiducia certa,
Eximium eft robur pectoris ipfa mei.
Hac ego ceu clypeo nixus ferar obvius hofti
Hac etenim victrix Dextera facta mea eft.

A MONSEIGNEVR DE MATIGNON

Cheualier des Ordres du Roy, Gouuerneur
pour fa Maiefté és Bailliages de Caen,
Cotentin & Alançon.

SONET.

Pvifque i'ay ce bonheur de bâtir mon Parnaffe
    Dans ces bois écartez qui relevent de toy :
Digne Aftre de mes vœux, que diroit-on de moy
Si ie taifois ton Nom qui brille en toute place?

    Ainfi qu'vn vif Soleil à fon lever efface
Le brouillas de la nuiât plein d'horreur & d'effroy,
Ton œil va difsipant, en l'abfence du Roy
Mille accidens divers dont le fort nous menace.

    Pleût à Dieu que le Ciel m'eût faiât cette faveur
De pouvoir dignement exalter ton honeur,
Digne d'eftre élevé fur l'Autel de memoire.

    Afin que mon efprit plus libre é plus difpos,
Peût, fous ton cher fupport, remporter la viâoire
Sur tant d'efprits ialoux qui chancrent mon repos.

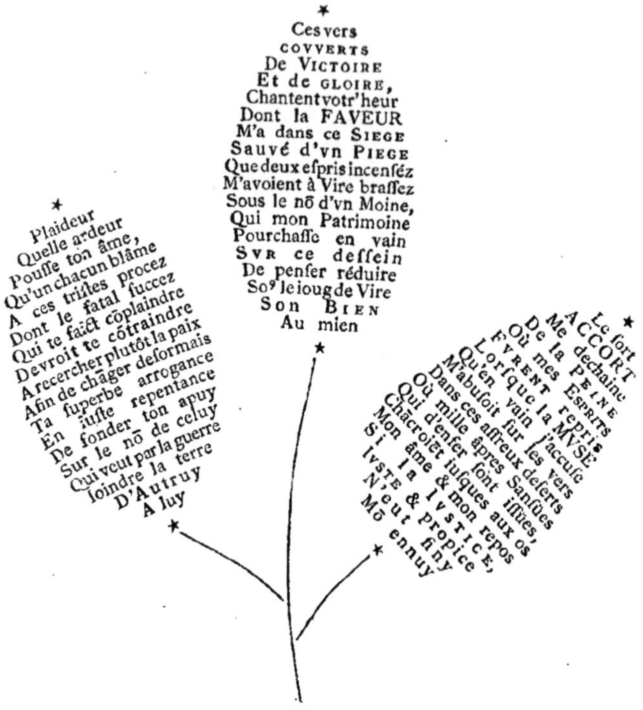

Laurea Prætorum faſces, fœudſque ſecures
Exhilarat: miſſis & Laurea iuncta tabellis,
Læta coronatos vocat ad conuiuia ciues,
At Laurum inuiſus Muſis fugit anſer, & odit.

REMERCIEMENT A MESSIEVRS DV
fiége Préfidial de Caen.

D'Vn feu brufque é divin ma plume ét infpirée
　D'avanturer fon vol iufqu'au Ciel empyrée,
Pour conjurer la voix des Anges é des Dieux,
De chanter dans le Ciel ce fujet glorieux :
Dont ils m'ont fuggeré ce Siege plein de gloire
D'incliner au fucceʒ de ma iufte victoire,
Puifque par fon Arrêt i'ay derechef vaincu
Le plus fort chicaneur qui iamais ayt vêcu.
Qui fans aucun refpect ny d'appeaux, ny de plaintes
Rendoit fous fon pouvoir mes liberteʒ contraintes,
Griffant, chancrant, iappant mon bien, mon revenu
Souʒ ʒn Virois appuy, dont il eft foutenu.

　Vous, ô divins efprits, dont les Mufes nourrices
Infpirent les travaux ê les faincts exercices,
Honoreʒ ce triomphe é chanteʒ à l'envy
Ce iufte honeur que i'ay fi lon-tans pourfuivi.

　E' toy, mon cher Patrocle, à qui ie doy la vie,
Toy, qui braves le tans é le fort é l'envie,
Toy, l'Afyle affeuré de l'efpoir de mes iours,

D

Toy, mon cher SAINT SVLPICE, où gît tout mon recours,
Toy, l'organe sacré de la troppe Neuvaine,
Toy, l'honeur de la Muse é Françoise & Romaine :
Que ne suy-je avec toi! que n'ai-je ce bon-heur
D'enrichir mon dessein de ta docte faveur!
Que ne sui-je éclairé du flambeau de ta Muse
Pour guider ce Triomphe où mon esprit s'amuse :
Ie serois satisfait sur tant d'esprits divers,
Qui consomans leur âge au passe-tans des vers
S'vnissent à ma gloire é coronent ma tête
Des éternels Lauriers d'vne telle conquête.

Mais puis qu'à ce besoin les destins ennemis
N'ont pas à mes souhaits cette gloire permis,
Ie seré prou content si ton œil deigne lire
Tant de griefs qu'en procez i'ay souffers dedans Vire,
Afin que desormais ie puisse en meilleur port
Ancrer ma triste Nef sous ton rare support.

VOVS, qui rendez mes iours é si doux é si calmes,
Iustes Iuges, Auteurs du sujet de mes Palmes,
Si vous avez iamais approuvé mes écris,
Si mes iustes travaux merittent quelque pris,
Conservez vôtre chantre : Ainsi les destinées,
Dans leurs prosperitez, conservent vos années.
Que cét ordre fameux qui s'exerce en ce lieu,
Fasse que vos Arrêts succedent selon Dieu :

Que les siécles futurs disposent leurs courages
Sur le sacré patron de vos iustes suffrages :
Qu'à votre heureux exemple vn chacun soit uny,
Et dans vos saincts proiets le nom de Dieu beny :
Qu'en faveur d'vn tel heur la corne d'Amaltée
Repande sur nos chams sa faveur souhaittée :
Puissiez vous dans le Ciel qui veille sur vos cueurs,
Moissoner le doux fruict de vos iustes labeurs,
Votre iuste balance au bon droit soit panchée,
De la crainte de Dieu vôtre ame soit touchée,
Que nos Virois vaincus, s'abstiennent deformais
De troubler de rechef le sujet de ma paix,
Afin qu'estant exent de tant d'ennuis étranges
Mon Lut puisse plus haut entoner vos loüanges.

LES OEVFS DE PASQVES,

A mon Mœcene.

Ce couple d'œufs
Qui reſtent veufs
Et de poule & d'affiſtence,
Ne feroient de cette effence,
Si notre MVSE par hazard
Ne les euſt trouvez à l'écart
Pour les fomentant fous fon aîle
Les former d'effence immortelle
Et deſſur ton Divin AVTEL,
Confacrer leur eſtre immortel,
Afin qu'vne dixieme MVSE,
D'vn tel germe ne fut excluſe
Ainſi que Pollux & Caſtor,
Qui d'vn œuf prindrēt leur effor
Pour briller fur les Nacéles
Parmy les ondes crueles.
Cōme toy qui fus mō Tyſis
Au milieu des flos boufis
Qui mon Nauire
Vouloiēt de-
truire.

*

Ces œufs facrez,
A tes yeux confacrez
Suivent l'antique mode
Du jour de Quafimode,
Puiſque tes merites divers,
Qui donnent la vie à mes Vers,
Font qu'en leur rondeur ie figure
Le roc de ta Foy ronde é pure,
Cōme ils temoignent la rondeur
Et de mon âme & de mon cœur,
Qui n'a rien de plus favorable
Que ton merite incomparable,
A qui les plus beaux Efprits
Sacrent leurs doctes écrits;
Ainſi mon cher MECENE,
Le puiſſāt fils d'Alcmene
. Dont tu portes le nom,
Cōſeruoit le renom
De la belle gloire
des filles de
memoire.

*

Perbellè hoc cecidit, Paſchali Sole, rotundo,
Ova rotundus ego facro rotunda tibi.
Si malè funt torno tornata hœc ovula noftro,
Quid facerem? torni fata tulêre mei.

SONET,

A MONSIEVR LE CONTE

DE THORIGXY.

SONET.

FAuory de mon Roy, dont le braue courage
Ne respira iamais que l'honeur des combats,
E' qui dans les perils recerchant tes ébats
Vas méprisant de Mars la tempête é l'orage.

Le bruit de tes valeurs étonne mon langage,
E' pour les bien toucher mon Lut parle trop bas,
Ce qui cause à present mille ialoux debats
Entre cent beaux esprits qui tentent cét ouurage.

Digne surgeon de Mars, honeur de nos Lauriers,
Dont le Roy feît le choix sur mille grans Guerriers,
Pour guider les Soldats de cette grand Province.

Puisses-tu, icune Atlas, si bien porter ce faix,
Que tu puisse acquerir, sous le gré de ton Prince,
Mille éternels honeurs dignes de tes beaux faits.

E

A MONSIEVR LE

Baron de Renty.

SONET.

BARON, ſi la vertu fait l'obieƈ de ta gloire,
Si ta gloire pourſuit l'obieƈ de la vertu,
Que ie t'eſtime heureux de te voir reuétu
De cét heur dont mon Lut celebre la memoire.

L'honeur de tes Ayeux r'emporte la viƈoire
Sur ceux qui ſur la France ont le mieux combattu
Ton Nom qui par le tams ne peut être abbatu
Meritte la faveur d'vne eternelle Hyſtoire.

Ainſi que les vertus brillent dans la raison,
Les Paintres d'vn tel Art illuſtrent ta Maiſon,
Qu'Apelle, s'il viuoit, leur cederoit ſes Palmes,

E' mille beaux Eſprits, qui cerchent ton recours
Treuvent ſous tes faveurs leurs fortunes ſi calmes,
Qu'ils voudroient y paſſer mille ſiécles de iours.

A Monſieur le Baron de Landelles.

STANCES.

I'Avois cent fois iuré d'abandonner les Vers,
Mais étant animé de ta faveur bonace,
Ie veux, malgré l'abbus de cét âge pervers,
Reprendre en ta faveur le chemin de Parnaſſe.

Ta grace qui ravit cête rare beauté,
Dont les divins attraits raviſſent ton courage,
Done vn ſi vif éclat à ma temerité,
Qu'en fauſſant mon ferment i'ay tenté cét ouvrage.

Si iamais i'ay l'honeur d'être conu de toy,
Autant qu'en mes écrits ta gloire êt reconuë,
I'eſtime qu'en t'offrant ces arres de ma foy
Cette piece chez toy fera la bien venuë.

Ces Peintres, qui ſubtils, exercent leurs pinceaux
Sur les rares proiets de ta riche ſtruĉure,
Ne font rien de pareil aux éternels tableaux
Où ie pein ton meritte à la race future.

Leur peinture êt muette : é leurs vives couleurs
S'effacent par le tams : Mais celle de la Muſe,
Parle, ravit l'aureille, é les yeux, é les cueurs,
E' iamais par le tams leur riche éclat ne s'vſe.

Aux amys des Mufes.

BOVTEILLE
SOMMEILLE
Chez tes Virois
Dont les abbois
Iapet ma terre
Dãs cete guerre   INTVS MELIORA RECONDIT
Que LVCIFER
Forma d'enfer:
E'dõt ma gloire
Eut la victoire
Par deux Arrets divers
Contre ces loups pervers
Qui fõt aux Mufes la chaffe
Iufqu'en leut facré Parnaffe:
Bouteille donc ne manque pas
De fommeiller dans leurs repas,
E' quelque attraict qu'ils te faffent
Fuy ces loups qui te pourchaffent.
Que plut aux Dieux! que BACCHVS
Quand ils feront de foif vaincus,
Les puiffe tãt faoüler de boire
Qu'ils crevent d'eau dedans le Loire
Oudãs les flos dj Cocyte, ou de Styx
Où leur deftin pour iamais eft préfix
Pour fubir la peine fatalle
Ou de Syfiphe, ou de Tantale
Qui pour mile crimes divers
Sont expofez dans
les Enfers.

BOVTEILLE
REVEILLE
Ces ESPRITS
Qvi cheris
Des MVSES
Dõtentlesrufes
De ces pledeurs
Qui picoreurs
N'õt l'induftrie
Qu'à tricherie
Pour méler au leur
Le bien d'vn mineur
Qui loin de toute affiftèce
N'a que Dieu pour fa deffèce
Et qui m'euffent du tout perdu
Si le Ciel ne m'euft deffendu.
Mufe, chanton la gloire de ce Siége,
Dont la faveur m'a fauvé de ce piége,
Qu'ils m'ont tédu dans ces affreux deferts,
Où mon efprit qui ne fe plaît qu'aux vers,
Trouve en cerchant ces libres folitudes
Vn trifte Enfer d'horribles fervitudes
Dõt pour le bien plaidcursque ie vous veux
Face bien toft la vengeance des Cieux,
Que iamais ce mefchant HYDRE
Ne puiffe boire de SIDRE,
De tabac, de biere ou de vin
Iufqu'au dernier iour
de fa fin.

Cypridis efto, lagena merobiba, Cypridis efto
Donum, chara foror nectarei calycis:
Bacchum orifona blandæ comes inclyta menfæ,
Colli angufta dapis filia fymbolicæ

BOVQETS DE FLEVRS

d'épines tirez du Jardin de Parnaſſe.

Vitre tes rares actions
Sont autant de perfections,
Qui preſſent la force des Muſes,
D'honorer leurs honeurs diuers,
Ie ne croi pas que tu refuſes
Beaucoup d'offre en bien peu de vers.

T'offrant mon cueur qui t'ét acquis
Qu'eſperes tu de plus exquis,
Puiſque la plus rare victime,
Qu'on puiſſe offrir ſur les Autels,
Ne fut jamais en telle eſtime,
Que les cueurs des juſtes mortels?

Tes bontez dont je ſuis épris
Forcent les plus rudes eſprits
D'aymer leurs douceurs naturelles,
E' tes diuines qualitez,
Font un Paradis de fidelles
D'vn Enfer d'infidelitez.

Ton œil reſſemble vn beau Soleil,
Qui nous diſſipe à son reveil,
Toutes les vapeurs de la Terre,
E' qui va deſsillant nos yeux
Du ſomme où la nuit les enferre,
Tandis qu'elle couure les Cieux.

En ce doux Printans de tes jours,
Ton bien dire arrête le cours,
D'vn torrent d'ames dereglées
Qui contraignoient ſous leur pouuoir,
Cent creatures deſolées
De s'expoſer au deſeſpoir.

Tes eſprits qui ſont revêtus,
Des plus adorables vertus,
Qui s'offrent aux plus doctes plumes,
Meritent que leurs fauoris
En faſſent pluſtôt des volumes
Que des ſimples pieces d'écris.

D'expoſer en ſi peu de vers,
Ce labyrinthe où ie me pers,
Comme au milieu d'un grand parterre,
N'êt-ce pas vouloir enfermer,
Dans vne bouteille de verre,
Toutes les vagues de la mer

Bien que ce faix de Preuôté,
Ait refroidi ma liberté,
De ce doux entretien des Muſes,
Du HALLEY je ne lairray pas
De m'exercer par des excuſes,
Dans le ſoin de leurs doux appas.

Pourueu que ie porte à mon gré
Ce trauail qui m'êt preparé
Il faut qu'humblement ie l'obſerue,

E' qu'en faveur d'vn tel defir
Tu treuves bon que ie me ferue
D'un feruiteur pour t'y feruir.

Si tous les Eluȝ font fauueȝ,
Si les méchans font reprouueȝ
Ce faix me feroit falutaire,
Mais ie crain fort d'eſtre greué
Etant élu d'vn populaire
Que Dieu n'a jamais approuué

Ie me vante d'être fi fort,
Poffedant ton ferme fupport
Souȝ qui la même force tremble,
Que ni Caffutras, que ie croy,
Ni cent Doublets doubleȝ enfemble,
N'ont jamais ferui mieux que moi.

A M. DE LA DVVERIE
Aduocat du Roy à Vire.

M'Ayant promis de courtéfie
En faueur de la Poëfie,
Le prix de ma Commiffion,
Ces vers te fomment de promeffe,
Paravant que le Sieur me preffe,
D'exercer cette function.

Si les faueurs font naturelles
Il faut qu'elles foient mutuelles
E les regler légalement,

Pour des vers donner de la profe,
Du vin mufcat pour de l'eau rofe,
C'êt vn égal contentement.
   LE HARDY, fi nos benefices
Sont bien jugez fans artifices
Ie croi qu'ils font fort peu diuers,
Te rendant mille humbles carreffes,
Pour mille douces allegreffes,
E de la profe au lieu de vers.

   E bien qu'ils foient fort conuenables
Ils font toutesfois diffemblables,
De ce poinct d'inegalité
Ta Commiffion eft bornée,
Elle ne dure qu'vne année,
E mes vers vne éternité.

   Pour le regard de mon échange,
Ie veux auoir en contréchange,
Ton jufte fupport pour retour,
Pour mieux faire courir les vaches
D'vn tas de fantafsins brauaches
Qui m'élurent le dernier jour.

   Si tu me rens ce jufte office
Ie veux d'vn fi rare artifice,
Grauer ta gloire en mes écris,
Que j'abftraindré la même envie
D'avoüer que l'heur de ta vie
Meritoit bien ce jufte prix.

A MONSIEVR DV MESNIL-COSTE'

Conseiller en Parlement.

SONNET.

I'Ai vêcu jusqu'ici pour vivre en ton seruice,
Tandis que i'ai l'honneur d'être estimé de toi,
Pour ce juste respect qu'à iamais ie te doi,
Ie t'offre encor ces vers pour humble sacrifice.

La Muse é le procez ont beaucoup d'artifice,
Pour combattre sans cesse vn tel esprit que moy,
Quand ie pense eviter ce combat plein d'effroy,
L'vn é l'autre à l'enui m'agite en cette lice.

Ie ne sçai DV MESNIL, au quel ie doi le plus,
Le procez sans les vers de mon bien m'eût exclus
Les vers sans le procez m'en ôtoient la deffense.

Or ayant à present l'vn é l'autre vaincu,
Ie veux malgré leurs dents suivre la patience,
E sacrer à l'oubly le tans que j'ai vescu.

A Monsieur de Beaumont le Radulph
Auocat en Parlement.

D Igne honneur du Barreau, dont les vertus infuses
Font qu'en faueur de toi j'ose le Lut toucher,
I'aurois l'esprit de marbre é le cueur de rocher,
Si ie taisois ton Nom qui fait parler les Muses.

Sans tes cheres faueurs mille guefpes confufes,
Venoient fur mon repos tous leurs trets décocher,
Et fi quelque autre part ie penfois me cacher,
I'etois foudain repris dans leurs fubtiles rufes.

Que ton abfence helas ! m'eût caufé de malheurs,
Si le diuin SALLET par fes rares faueurs,
N'eût de rechef fauué ma caufe de leur piege,

Lors qu'il plut à la Cour, confirmant fon avis,
Caffer par fon Arreft la fentence d'vn Siege,
Qui me fruftroit d'vn bien qui m'êt du tout acquis.

A MADAME DV HALLEY.

SONNET.

CHaque chofe a fon tans, é toute creature
Qui prend commencement, doit prendre quelque fin,
Comme vne rare fleur qui croiffante au matin,
Voit finir fur le foir fa mourante verdure.

Vnique objeÊ du Beau, chef d'œuure de nature,
Que le ciel a graué de fon propre burin,
Le tans fur tes beautez ne peut faire butin,
Puifqu'en ce vif portraiÊ mon pinceau les figure.

En vain tous les deftins confpirent à l'enui
Sur leurs diuins attraits dont amour êt raui,
E bien qu'aux lois du fort le Tans même fe livre.

Bei aſtre ne crains pas leurs mouuemens diuers,
Car les Dieux pour jamais doiuent faire reviure,
Ton ame dans les Cieux, ta gloire dans mes vers.

A MADEMOISELLE DES
MOVLLINS.

BIen que ie ſois priué de l'hôneur de ta veuë,
Bel aſtre dont amour emprunte ſa clarté,
Ie vœux t'offrir les vœux de ma fidelité,
E te rendre en ces vers la gloire qui t'èſt deuë.

De mille attraits d'amour ta grace fut conceuë,
De tes perfeƈtions le Ciel fut tranſporté,
Pallas de ſon bien dire honora ta beauté,
E d'vn heur tout diuin ta belle ame eſt pour-veuë.

Lors que tes belles mains animent ſouꜩ leurs doigts
L'air de ton épinette é de ta douce voix,
Quel marbre en ces appas ne ſe rend point ſenſible?

Pleût à Dieu que mes vers peuſſent pour juſte prix,
Si bien plaire à tes yeux qu'il fût en leur poſſible
De tranſporter ton ame é rauir tes eſprits.

Contre vn fantafque.

TOn apparence eft prou jolie,
Ton habit eft aſſez bien fait,
Mais l'on ſe plaint de ta folie,
Qui rend ton eſprit contrefaiĉt.

Contre les cenſeurs de ces fleurs d'épines.

SI quelques faquins me ſcindiquent,
Ie doi ſupporter de leurs cris,
Car ces épines qui les piquent,
N'offrent leurs fleurs qu'aux bons eſprits.

Sur l'Anagramme d'vn Prevôt.

LE Preuôt bridé ſe debride,
Vaſſaux, gardez vous deſormais,
Puiſque le Demon qui le guide,
Le rend pis qu'il ne fut jamais.

L'EPERONIERE ANGOT.

ROBERTI ANGOTII CADOMENSIS

DEO VOTVM

IN FVTVRAM IVSTISSIMÆ LITIS

VICTORIAM.

EPIGRAMMA,

AD te confugio, tua numina pronus adoro
    Summe parens, animi fufcipe vota mei.
Innumerabilibus circondatus, hoftibus angor,
    Auxilium Angotio ni tua dextra ferat.
Sicut apes circumvolitant, miferumq; fatigant,
    Sed quibus hos vincam, qui valet arma dabit.
Ite procul, fugitote meos, turba impia vultus,
    Jam valet ante fuum iufta querela Deum.
Mi Deus auxiliumq; meum cui fidere certum eft,
    Contra hoftes clypeum Præfidiale meos.
Qui populum Deus ipfe tuum dijudicat, idem
    Iuftitiæ caufam iudicet ille meæ.
Incidat in laqueos, quos condidit impius iftos,
    Donec faluus ego præterijffe queam.

A

LE MESME EN FRANCOIS,
SONET.

PVis qu'en toy i'ay recours, ô grand Dieu que i'adore,
 Reçoi ma iuste plainte & les vœux de mon cueur,
Mes ennemis liguez m'oppressent de douleur,
Sans le iuste secours de ton bras que j'implore.

   Comme vn bruyant Bourdon qui de miel se colore,
Poursuit l'abeille en vain pour ravir son labeur,
Ces guespes pour neant assiegent mon bonheur
Puisqu'en leur propre erreur leur fraude s'evapore.

   O Pere tout puissant où gît tout mon support
Prête moy ton bouclier pour vaincre leur effort,
Sous les iustes avis du conseil de ce Siege,

   Qui balançant ma cause au poidz de l'équité
Permettra que leur pas trebuche au même piege
Qu'ilz m'ont tissu du fil de leur subtilité.

A MESSIEVRS DV SIEGE
PRESIDICAL A CAEN.

BIen qu'un petit plédeur incessamment m'outrage
 Dans vn flux d'incidentz où ie me voi reduit,
Peut il ioindre en procez, où l'erreur le conduit,
Ses iniustes conquetz à mon iuste heritage?

   Durant cinq ou six iours que i'etois au bocage,
Il me feit trois explois qui sans faire aucun bruit,
M'eussent par trois deffautz traitreusement détruit,
Si la Muse au dernier n'eût bouché le passage.

Luy dont le vain cerveau n'et plein que de vapeur,
Croit-il que ſon Bōnet me puiſſe faire peur
Dans vn Siege où i'atten le prix de cette guerre?
Non; car Dieu m'a promis que le fort doit tumber
Sur le roc endurci de cette rude Pierre,
Qui veut deſſous le faix me faire ſuccumber.

A SIEVR DE LA PIERRE DV PONT,

I'Ay fait tout mon pouuoir pour flechir ton courage
Souꝫ l'accommodement de quelque iuſte accord,
Mais ton rude mépris rebuttant mon effort
Me feit changer foudain d'avis & de langage.

Bien que ta n'ef parroiſſe en meilleur équipage
Que mon petit efquif qui flotte au gré du fort,
Je vaincré ces gros ventꝫ qui m'éloignent du port,
Malgré ce vain appuy qui pourſuit mon nauffrage.

Sur vn ſi vain efpoir tu te fondes fort mal,
Ton appuy n'et pas tel qu'vn conſeil general,
Qui balanceant l'avis des voix particulieres,

Fait qu'on n'y veid iamais vn bon droit ſubmergé :
Vn fleuve et bien plus ſeur que ces baſſes riuieres,
Où jamais bon nageur n'a ſeurement nagé.

CONTRE POVCIN AVTRE PARTIE.

POucin malencontreux qui ſous vn blanc plumage
Parois dedans le cueur auſſi noir qu'un corbeau,
Qui ſans fin bavolant ſur mon triſte tumbeau
N'aſpire qu'aux évents de mon fatal dōmage.

Puis que mes ennemis empruntent ton plumage,
Qui dans nôtre procez me brouïle le cerveau,
Je veux d'aigre & de fiel animer mon pinceau
Pour figurer ta vie & former ton image.

D'vn germe de procez ton efprit fut formé,
D'ans vn œuf putre fait ton corps fut animé
De ma fucceffion ta falle s'alimente.

Et croyant deffus moy faire vn riche butin
Tu leur forgeas l'acquit du terme de la rente
Don ie feis vn tranfport au Petit fainct martin.

ROBERTI ANGOTII CADOMENSIS,

IN VICTORIAM CAVSÆ, RECTE'

maturèque iudicatæ,

GRATIARVM ACTIO.

IAmdudū hic animus meritas tibi dicere laudes
    Expetit, ò rerum gloria, vita, falus.
Inciyta pfallentes referent tua facta Camœnæ,
    Quœ Deus in toto maximus orbe facis.
Afflictum capiet de te nova gaudia pectus,
    Quod te propicium fentit adeffe tibi.
Carminibus fuper aftra ferā tua nomina quáquam
    Te celebrare fatis carmina nulla queant.
Terga dabunt hoftes duce te cecidere retrorfum,
    Terrore & vultus interiere tui.

                                Tu

Tu nocitura ipſis pro me decreta tuliſti,
  Iuſticia iudex non habiture parem.
Sublimi in folio ſediſti, ò arbiter æqui,
  Nam te ſalva mihi ïudice cauſa mea eſt.
Hoſtis acerbe tuis finem dedit ipſe rapinis,
  Amplius in miſero nec populator eris
Ille memor fuſo ſumit pro ſanguine pœnas,
  Et ſemper miſeris auris aperta Dei eſt.
Incidit in foveam quem gens inimica paravit,
  Capti ſunt laqueo quem poſuere mali.
Surge, veta, ne fortè hominum furor impius vltrà
  Invaleat, vires exuat ipſe ſuas.
Debita quœq; ſerant te iudice præmia, gentes
  Ante tuam faciem quod meruere ferant.

VERSION DES PRECEDENTS VERS

LATINS TIRÉZ DV 9. PSEAVME DE DAVID.

STANCES.

MOn lut brûle d'ardeur d'exalter tes louanges,
O Dieu de mon ſalut, vnique Roy des Anges,
E' les Muſes déja s'uniſſent à ma voix
Pour celebrer partout tes grandeurs non-pareilles,
Qui forcent la puiſſance & la gloire des Rois
De fléchir ſouʒ le joug de tes rares merueilles.

Dé-ja mon cueur conçoit vn printans de delices,
Sous l'indicible accez de tes graces propices;
E' bien que ton merite excede mon pouvoir
I'exalteré ton Nom iusqu'au deſſus des aſtres,
Puis qu'en ce iuſte Siege où gît tout mon pouvoir
Tu ſoutins ma deffenſe au fort de mes deſaſtres.

Tu meîs, ô tout Puiſſant, mes ennemis en fuite,
Qui penſoient souz leur joug voir ma cauſe détruite;
Ton redoutable aſpect leur feît tòrner le dos;
Malgré leurs vains effortz tu dònas la ſentence,
D'où procede le fruit de mon iuſte repos
Qui me fait dans mes vers adorer ta clemence.

Cez trompeurs ſe ſont pris dans ce lac effroyable
Que leur art preparoit à mon ame incoupable,
Lors qu'à mon benefice il te plut ſuggerer
Ce fauorable Arrêt encontre mes Partiës,
Qui ialous de mon bien me penſoient engager
Dans vn cuiſant enfer de poignantes ortiës.

O perfides Corbeaux du repos de ma gloire!
Puis qu'en dépit de vous i'ay gaigné la victoire,
Puis qu'à mes iuſtes vœux le Conſeil s'et uny,
Il faut qu'en ma fureur ſon arret j''execute
Pour montrer que iamais Dieu ne laiſſe impuny
Celuy qui fauſſement ſes chantres perſecute.

A MESSIEVRS DV SIEGE PRESIDIAL
à Caen ſur le même ſujet.

Vcinqueur des vains efforts de mes fiers aduerſaires,
  Qui dans vn lac d'ennuis de ſoins & de miſeres
      Me rendoient ſans pouvoir,
Que n'ai-je maintenant l'artifice des Anges,
Pour toucher ſur mon lut vos divines louanges
      Qu'on ne peut concevoir.
Par vous, mes ennemis m'abandonnent la place,
Par vos iuſtes arretz i'ay rompu leur falace,
      Par vous, ie ne ſers plus
De fable & de faquin à ces vains hypocrites,
Qui des braues eſprits ſont les vrais Democrites
      En cet âge perclus.
Ce petit proceſſif, dont le triſte horoſcope
Nous fait voir qu'il fut né pour brouiller Calliope
      Dans vn lac de procez,
S'eſt luy meme perdu dans la gloire des Muſes,
Qui l'ont priué du tout de leurs graces infuſes
      Dont i'honore l'accez.
Donc, ô diuins Eſprits, puis qu'au temple d'Aſtrée
Vous auez maintenant ma Muſe delivrée
      De tant d'ennuis divers,
Ie veux chanter ſi haut votre inſigne excellence,
Que ie puiſſe en mes vers obliger le ſilence
      De repondre à mes vers.

Si quelqu' Esprit enflé du bon heur de ma gloire,
S'afflige injustement de ma iuste victoire,
    Dans le camp de Themis,
Tout mon contentement ne gît qu'en ses allarmes,
Puisque pour me combatre il prete en vain ses armes,
    A mes vains ennemis.
Lors qu'à mes iustes vœux vos bontes fauorisent,
Les Muses à l'envi dans mon Esprit produisent
    Un gai printans de fleurs,
Comme vn triste arbrisseau qui son chef recolore
D'vn riche émail de fleurs, lorsque la douce Aurore
    L'arrouse de ses pleurs.
Moissonnant le doux fruit d'vn si grand benefice,
Recevez de mon cueur cet humble sacrifice,
    Afin que nos Neveux,
Admirans dans ces vers vos vertus fauorites,
Puissent de siecle en siecle imiter vos merites
    Selon mes iustes vœux.

F I N.

NOTES.

Chef-d'Œuvre poétique.

Page 3. — La Cour de Parlement : c'est le Parlement de Normandie.

P. 4, v. 11. — Le Bât de Bouille : le Bateau qui faisait le trajet de la Bouille à Rouen et réciproquement.

P. 4, v. 20. — L'enfer de Varaville. — Varaville est une commune du Calvados, arrondissement de Caen. — Cette localité sans doute était alors le refuge de pillards et de gens dangereux.

P. 11. — Matignon (Charles, sire de) et de Lesparre, lieutenant général de la Province de Normandie, mort en 1648.

P. 13, v. 17. — Patrocle. — Il est difficile de comprendre pourquoi Angot désigne, sous ce nom de l'ami d'Achille, M. de Saint-Sulpice-Costé, conseiller du Roi au Parlement de Normandie. C'était un poète latin, qui a, dit-on, écrit en cette langue un poème de Clorinde.

P. 16, ligne 2. — Son Mœcene est vraisemblablement le comte de Thorigny, François de Matignon, fils de Charles de Matignon, mort en 1675, à qui le sonnet de la page suivante est adressé.

P. 18 et 19. — Le baron de Renty et de Landelles (Gaston-Jean-Baptiste), né dans les environs de Bayeux en 1611, fut célèbre par sa piété, son esprit et sa bravoure. Il mourut en 1648. — Il avait deux fils à qui les deux sonnets de R. Angot sont adressés.

Bouquets de Fleurs d'Epines.

P. 2, v. 22. — Du Halley ou Hallé (Pierre), né à Bayeux en 1611,
mort en 1689, poète latin et professeur d'éloquence célèbre, fut
appelé à Paris pour professer et nommé poète du roi Louis XIII.

P. 3, lig. 16. — Le Hardy de La Duverie, avocat du Roy à Vire.

P. 5. — Du Mesnil-Costé, conseiller au Parlement.

Deo Votum.

P. 3. — Les s⁰ de la Pierre du Pont et Poucin sont des adversaires
de R. Angot.

P. 6, v. 13. — *Lac,* que nous écrivons aujourd'hui *lacs,* signifie ici et
ailleurs un nœud coulant à prendre le gibier, un piège.

TABLE.

Chef-d'Œuvre poétique.

Bouquets de Fleurs d'Epines.

ROUEN. — IMP. DE H. DOISSEL.

www.ingramcontent.com/pod-product-compliance
Ingram Content Group UK Ltd.
Pitfield, Milton Keynes, MK11 3LW, UK
UKHW020052100726
13658UKWH00004B/1718